¿HAY ALGO MÁS GRANDE QUE UNA BALLENA AZUL?

Robert E. Wells

Editorial Juventud

Para mi madre, Hester B. Wells

Título original: IS A BLUE WHALE THE BIGGEST THING THERE IS?
Texto e ilustraciones © 1995 Robert E. Wells
Publicado originalmente en 1995 Por Albert Whitman & Company, Ilinois
Y por General Publishing Limited, Toronto
© de la traducción española:
EDITORIAL JUVENTUD, S. A.
Provença, 101 - 08029 Barcelona
info@editorialjuventud.es
www.editorialjuventud.es
Traducción de Alejandra Devoto
Tercera edición 2008
ISBN: 978-84-261-3030-3
Depósito legal: B. 24.847-2008
Núm. de edición de E. J.: 12.040
Impreso en España - Printed in Spain
Ediprint, c/. Llobregat, 36 Ripollet (Barcelona)

Este libro trata del UNIVERSO y de otras cosas muy grandes,
por eso se emplean cifras enormes, incluso MILLONES y BILLONES.
Para que te hagas una idea de lo grandes que son estas cifras,
prueba a contar primero hasta un número pequeño, como CIEN.
A una velocidad normal, tardarás un minuto, más o menos.
Si sigues contando, llegarás a MIL en unos 12 minutos.
Si decides seguir contando hasta un MILLÓN, no pienses en hacer nada
más durante algún tiempo. Contando 10 horas cada día,
te llevará unas 3 semanas.
Y mejor que no intentes seguir contando hasta un BILLÓN
porque, contando 12 horas por día, ¡tardarías más de 500 años!
Esperamos que te guste este libro. Contiene algunos CIENTOS y MILES,
y MUCHOS MILLONES y BILLONES. Seguro que te sugiere grandes ideas.

Esto es la cola de una ballena azul.
Sólo las aletas de la cola, sin contar nada más,
ya son más grandes
que la mayoría de las criaturas terrestres.

Aquí está la ballena ENTERA.
Ya no es más grande
que la MAYORÍA
de las criaturas terrestres,
sino más grande
que TODAS ellas.

La ballena azul llega a medir 30 metros de largo
y pesa 150 toneladas.
Es el animal más grande que ha existido jamás.

Pero, claro, una ballena azul
NO es lo más grande que existe.

Si metes
100
ballenas
azules
dentro
de un tarro
realmente
inmenso,

y después pones dos de estos tarros llenos de ballenas
sobre una plataforma enorme,

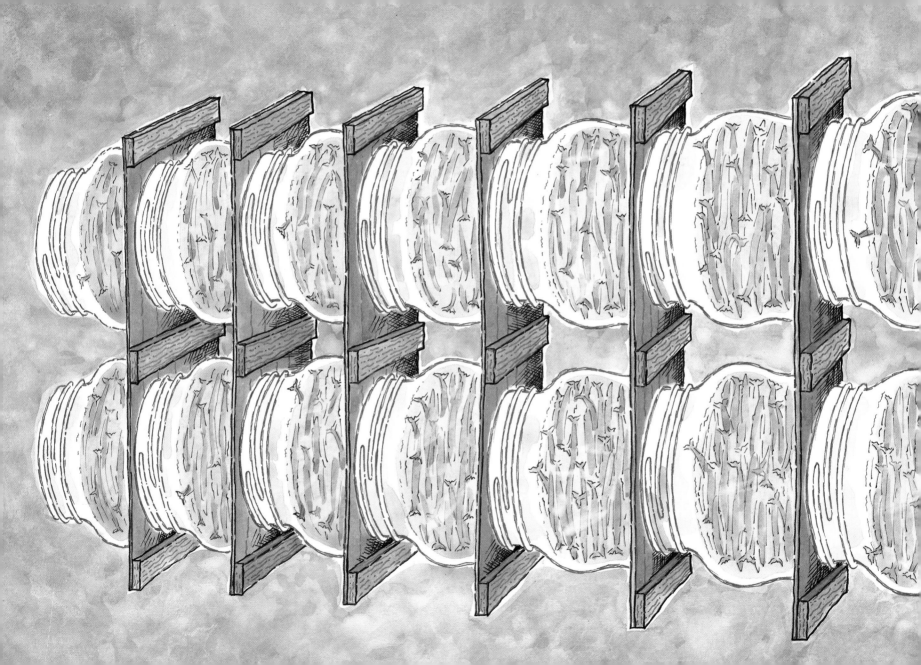

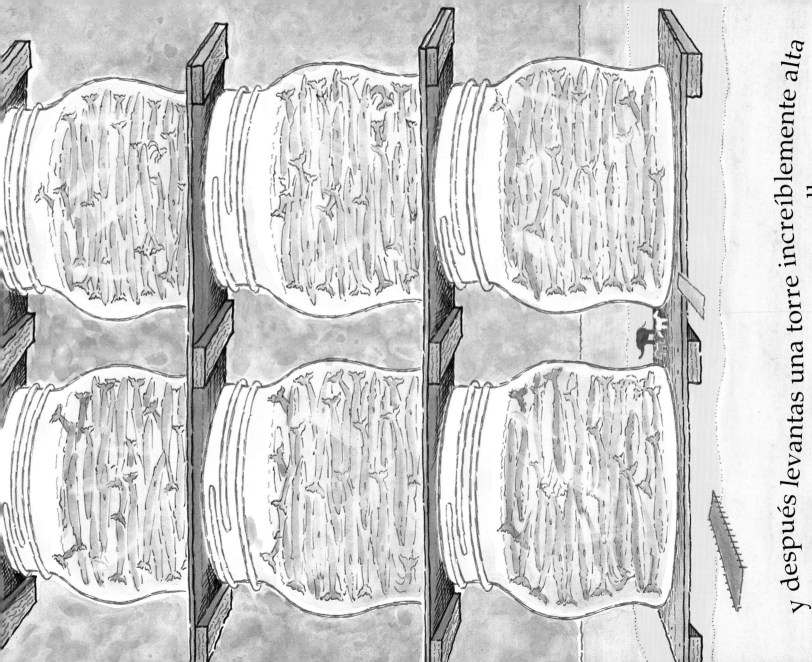

y después levantas una torre increíblemente alta
con 10 plataformas con dos tarros llenos
de ballenas cada una,

esa torre de tarros de ballenas parecería muy pequeña
si la colocáramos en la cima del monte Everest.

Sí, el Everest es sumamente grande y, si fuera hueco, cabrían dentro millones de tarros de ballenas.

Pero no es, ni REMOTAMENTE, lo más grande que existe.

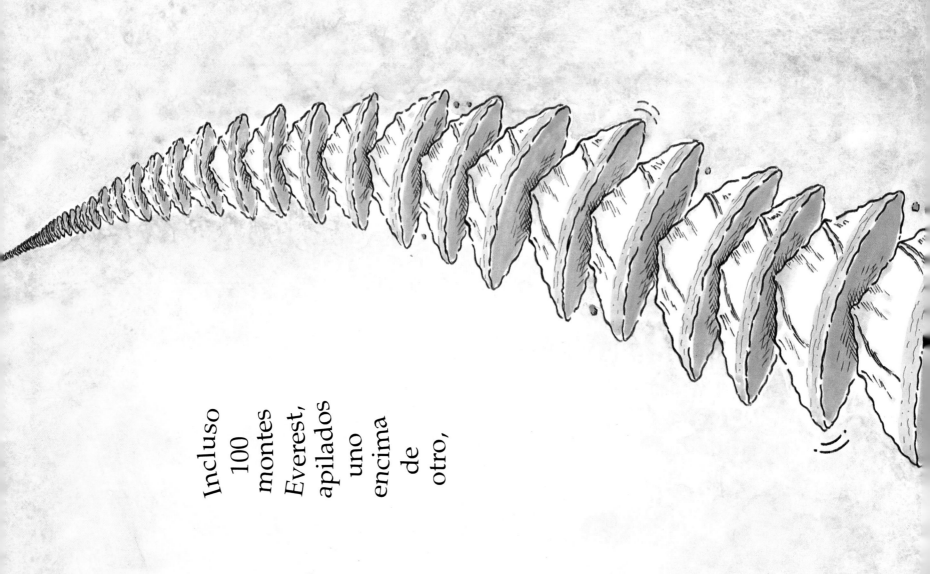

Incluso 100 montes Everest, apilados uno encima de otro,

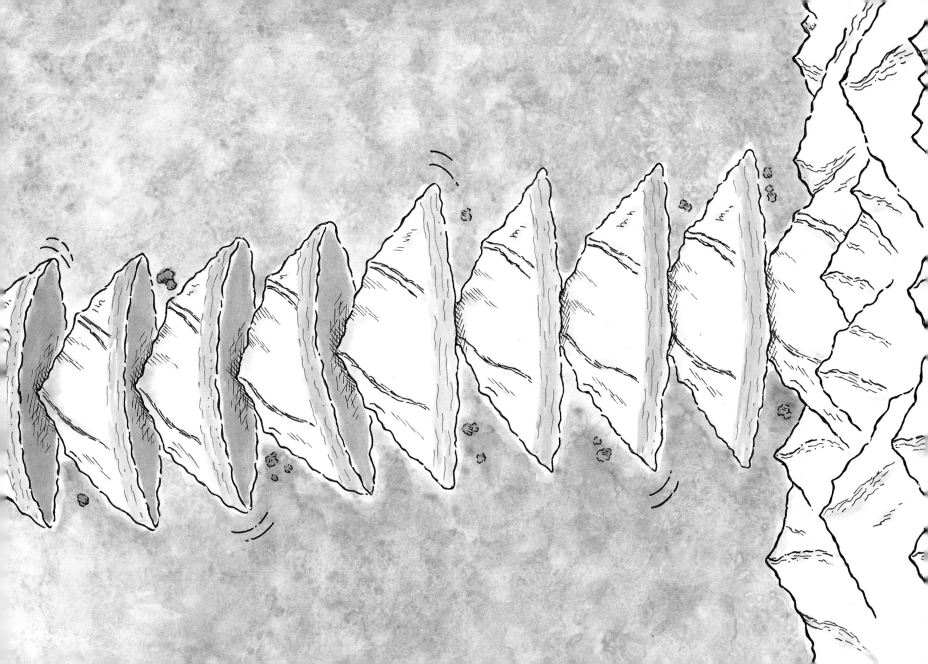

¡no serían más que un PELO en la faz de la Tierra!

Pero por si acaso pensabas que nuestra TIERRA
es lo más grande que existe,

aquí hay
100
Tierras
a tamaño real
en una bolsa
bastante grande,

CONTENIDO NETO:

100 TIERRAS

Fabricadas
con TIERRA AUTÉNTICA
y AGUA SALADA

★ ¡TAMAÑO REAL! ★ LISTAS PARA ORBITAR

al lado
de
nuestro
Sol.

No cabe la menor duda:
¡el Sol es INMENSO!

En su interior
cabrían más de
UN MILLÓN
de Tierras.

Es tan enorme que es capaz de controlar la órbita
de nueve planetas y de quemarnos la piel
desde 150 millones de kilómetros de distancia.

Pero hasta nuestro SOL está LEJOS
de ser lo más grande que existe,

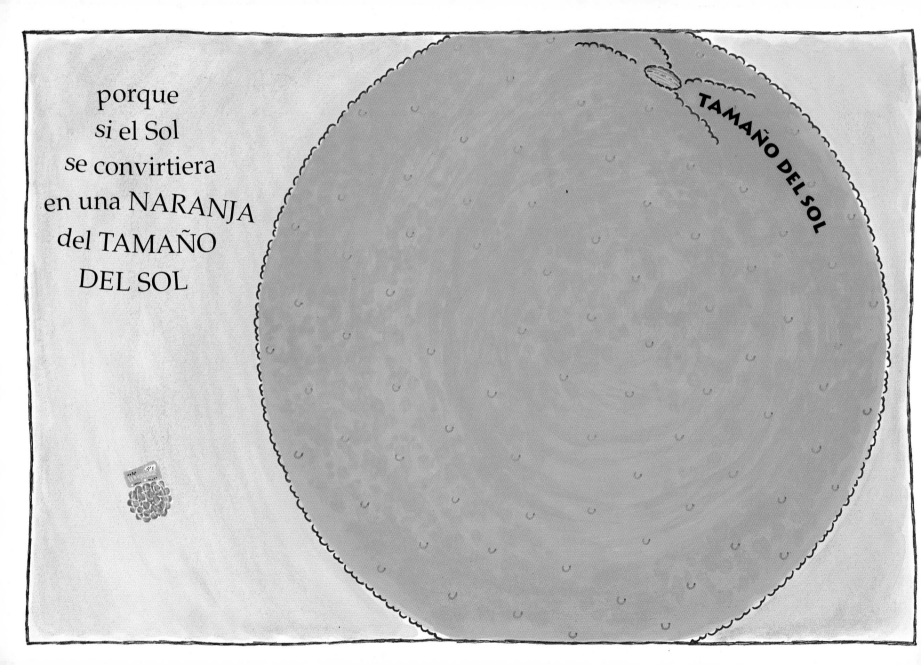

porque
si el Sol
se convirtiera
en una NARANJA
del TAMAÑO
DEL SOL

TAMAÑO DEL SOL

y lo embalaran en una INMENSA caja de naranjas,
junto con 99 naranjas más del tamaño del Sol,

100
NARANJAS
TAMAÑO DEL SOL
«El sabor del fuego en cada bocado»

se podría poner encima
de algo mucho más grande:
¡una estrella roja supergigante
llamada ANTARES!

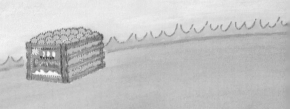

Las estrellas pueden ser de distintos tamaños.
Tanto el Sol como Antares son estrellas,
pero el Sol es de tamaño mediano,
mientras que Antares es... SUPERGIGANTE.

Sin embargo, Antares no ha sido siempre tan enorme.
Todas las estrellas viven un tiempo determinado y
algunas, como Antares, crecen y crecen hasta hacerse inmensas
y se enrojecen a medida que se acercan al final de sus vidas.

Antares ha crecido tanto que EN SU INTERIOR CABRÍAN MÁS DE CINCUENTA MILLONES DE SOLES COMO EL NUESTRO.

¿Cómo es posible que exista algo tan grande?
¿Cómo es posible que exista algo MÁS GRANDE aún?

Nuestra GALAXIA es MUCHÍSIMO más grande. Una galaxia es una agrupación de muchos astros. Nuestra GALAXIA está formada por BILLONES de estrellas, incluida Antares. Aparte de estrellas, contiene infinidad de cometas, y asteroides, muchos meteoritos y, como mínimo, nueve planetas.

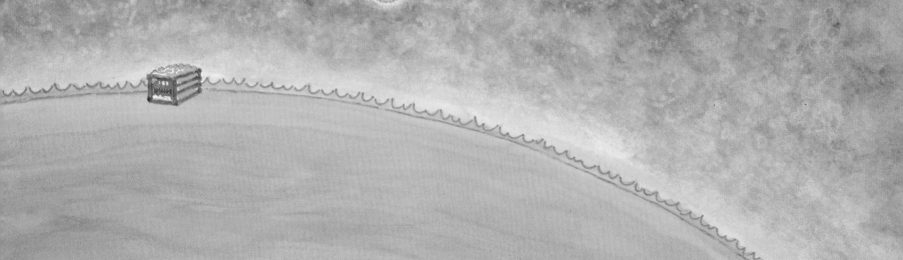

Del mismo modo que un castillo de arena tiene una forma que depende de todos los granos de arena que lo componen, nuestra galaxia tiene una forma y depende de todos sus astros.

Desde la Tierra no podemos ver la forma que tiene, pero si estuviéramos FUERA de nuestra galaxia, observándola desde muy lejos,

veríamos algo así,
con un centro
galáctico prominente
y grandes
remolinos como nubes
brillando
a la luz de billones
de estrellas.
Desde esta distancia,
no podríamos
distinguir
las estrellas
por separado.

Nuestra galaxia
DEBE de ser
lo más grande
que existe.

¡Pero espera
un momento!
La nuestra
no es la única
galaxia.
Según
los astrónomos,
que son los científicos
que estudian
las estrellas,
hay OTRAS MILES
de galaxias
en esa oscuridad
que llamamos
espacio.
Y TODAS forman
parte de algo
más grande todavía...

¡EL UNIVERSO!

El UNIVERSO comprende
TODAS LAS GALAXIAS
y TODO EL ESPACIO OSCURO
que existe entre ellas.

Incluye TODO LO QUE EXISTE
en cualquier lugar del espacio
y del tiempo.

Como es tan
INCREÍBLEMENTE GRANDE,
nadie sabe qué aspecto
tiene TODO el universo.

Aquí vemos cómo podría ser
una minúscula parte del universo,
con algunas galaxias de tipos diferentes.

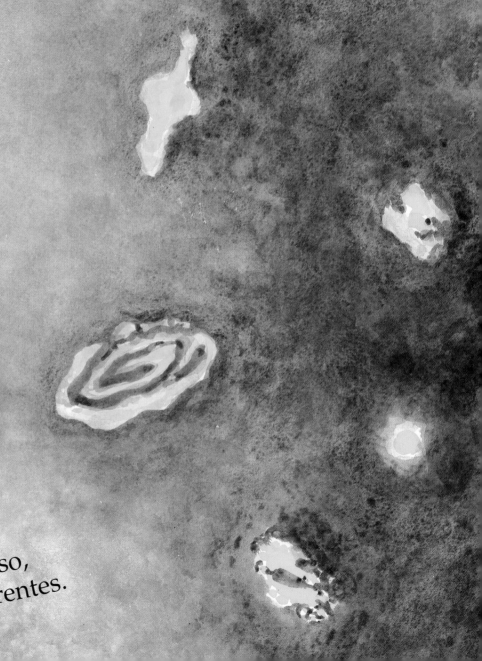

El universo es lo más grande que conocemos. Es muy probable que se pueda decir que es

LO MÁS GRANDE
QUE EXISTE.

Ni con nuestros
telescopios más potentes
se alcanza a ver
el final del universo,
así que no sabemos
lo grande que es.

Pero hay algo que sí sabemos:

es mucho más grande que una ballena azul.

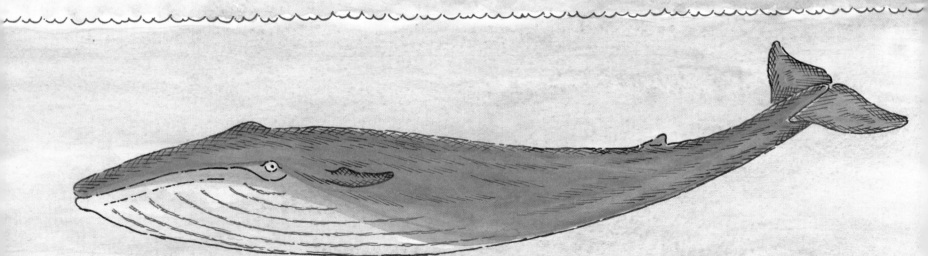

Algunas ideas adicionales sobre cosas MUY GRANDES

Resulta relativamente sencillo imaginar el tamaño de un tarro lleno de ballenas azules, o de una pila de montes Everest, o incluso de una caja llena de naranjas del tamaño del Sol. Pero imaginar la inmensidad del universo es algo completamente diferente.

La verdad es que el universo es tan increíblemente grande que a pesar de tener una infinidad de estrellas y galaxias, está casi vacío. Los astros están separados entre sí por grandes distancias, incluso dentro de esos conjuntos de estrellas que denominamos galaxias.

Si hiciéramos una representación a escala de nuestra galaxia, y el Sol tuviera el tamaño de este punto · , la estrella más cercana sería otro «punto» a dieciséis kilómetros de distancia, y habría más «puntos estrellas» a cientos, incluso miles, de kilómetros.

La distancia entre las galaxias también es enorme. Al igual que las estrellas, en este libro las galaxias aparecen mucho más cerca y con un tamaño más similar entre sí al que tienen en realidad. ¡Reducir esas distancias tan inmensas resultaba mucho más práctico que hacer un libro de un millón de kilómetros de ancho!

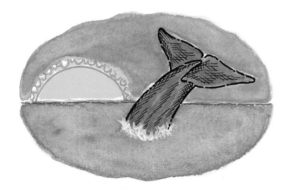